수수담담

이달희 시화집

살림

시집을 내면서

첫 시집 『낙동강시집』을 낸 지 12년 만에, 두 번째 시집을 내게 되었다.

시를 쓴 지는 오래되었으나 시작활동은 많지 않아서, 이 두 번째 시집은 내가 그린 그림들을 시와 함께 싣게 되어 시화집이 되었다. 그림이라고 했지만, 나는 화가는 아니다. 단지 이 메마른 시대를 살아오며 시심詩心을 잃지 않으려고 했던 흔적 같은 것이다. 때때로 스마트폰으로 찍은 사진 또한 마찬가지다. 그런 소박한 뜻이 이 시집의 시, 그림 또는 사진 이미지에 담겨 있기를 바란다.

일생을 문학과 예술 분야의 직업으로 조촐히 살아오면서, 늘 배움과 수행의 끈은 놓지 않으려 했던 것 같다. 시집 제목을 '수수하고 담담하다'라는 뜻으로 "수수담담"이라고 붙였으나, 돌아보니 부끄럽게도 내가 받은 많은 은혜에 비해 보답한 것이 너무 적다. 이 마음밖에는 회향할 것이 없음을 어찌하랴. 여기 보이는 시나 그림과 사진이 모두 이와 같은 마음이 저 무한을 향해 바치는 헌사獻辭 같은 것이 되었으면 좋겠다.

이 시집을 출간하는데 함께 하고 도와준 분들에게 감사를 전하

2

고 싶다.

『문예중앙』 시절의 오랜 동료이며 이 책을 출간한 심만수 살림출판사 대표, 귀한 글을 써주신 문학평론가 진형준 교수, 철학자 손병철 시인, 인류학자 박정진 시인의 우정과 격려에 감사드린다. 까다로운 출판과정을 세밀히 챙겨준 살림출판사 실무담당자에게도 감사드린다.

그리고 이 책의 출간을 멀리서 가까이서 격려해주신 스승님, 선배님, 그리고 친구들에게 감사를 드린다.

아픈 아내와 가족들에게 이 시집이 작은 기쁨이 되기를 함께 기원하면서.

2024년 초가을, 옥광 이달희

| 차례 |

제1부

두물머리에서

두물머리에서

남쪽 강가에서 태어나
북쪽 강가에서 늙어가고 있는
노인 하나, 강과 함께 흘러가고 있네.

강은 내 가장 오랜 친구,
묵묵히 함께 긴 모랫길을 걸어왔네.
마른 땅을 적시고 때로 목을 축이며

어디서 와서 어디로 가는지
묻지 않고 서로 말없이 바라보며,
멀리 하나의 강으로 흘러가고 있네.

강가의 갈대처럼 서로 눈 없이도 보고
저 물새들처럼 귀 없이도 들으며
함께 흘러 흘러가고 있네.

멀리 유년의 강은 모진 전쟁의 포성들이
죽음의 붉은 강을 가로지르며,
소스라치게 흘러가고

노년의 강은 두 물이 만나 섞이고,
세 물이 만나 어우러지고 어우러지며
뉘엿뉘엿 함께 저 바다로 흘러가고 있네.

강은 깊이깊이 늘 사랑을 품었는데,
나는 두 강가의 긴 모랫길을 헤매어 왔지.
노인 하나, 어느새 강물이 되어 흘러가고 있네.

(2024)

강 건너 은빛 산을 바라보며
2021. 3. 26, 달회

강 건너 수종사

늘 바라보네,
강 건너 저 수종사

백로 한 마리 봄 강물 위로 날아가고,
마른 갈대 밑둥을 헤집고 있는 검은 물오리들
강가에서 자맥질하고 있네.

머리에 희끗희끗 눈을 이고 서있는
운길산 가파른 능선 아래로, 아른아른
건너다 뵈는 저 수종사 물의 종소리에
귀 기울이며 걷고 있네.

간간이 중앙선 전철이 굉음을 뿜으며
혜성처럼 강을 가로질러 가고,
다시 귀 기울이네. 강을 건너 들려왔다던
그 물의 종소리, 그 소리를

강을 건너간 백로는
문득 사라지고, 검은 물오리도
어디론지 가고 없는데

귀 기울여보네,
강 건너 저 수종사

(2021)

그때

아침 햇살이
풀 이슬 위에 반짝이고 있을 때,
종달새 노래할 때

가슴 속 어딘가
맑은 샘물 솟아오르는
그때.

(2019)

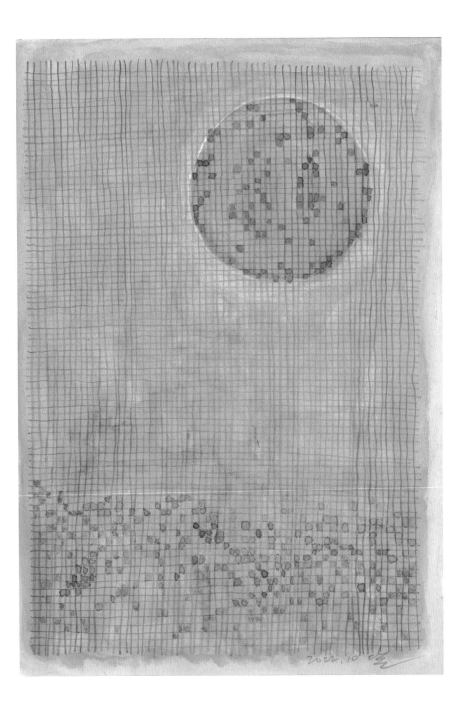

백로 한 마리

이른 아침 강물 위로
백로 한 마리가 조용히 날고 있다.
더할 것도 뺄 것도 없이 무소유의 모습이다.

(2023)

에밀레 종

오래 잊고 있었는데
어느 날 내 안의 한 소년이

멀리 경주 부근 어디에선가
은은히 종을 치고 있다.

그 종소리는 토함산마루에서
동해바다 끝으로 번졌다가

긴 강물 줄기의 어느 물굽이에도
바람처럼 스며들어가

긴긴 모래톱 잘디잔 모래알처럼
보일 듯 말 듯 반짝이며

나를, 나를 잊지 말라고‥‥‥
작고 푸른 물새처럼 마른 한 소년이

희디흰 날개를 달고 돌아보지 않은 채
날아가며 울고 있다.

녹슬고 푸른 저 종소리 속에서
가늘게 오래 울고 있다.

2021. 9.5 달희

첫눈 한 송이

저 첫눈 한 송이 참 아름다워라.
그 속에 그대 모든 그리움
들어있으니

처음 마신 이 차 한 모금 황홀하여라.
그 속에 그대 모든 것
들어있으니

아, 강물처럼 눈물처럼
여기 만나 흐르고 있으니
헤어지고 다시 만나고 있으니

(2023)

눈 내리는 밤

고요히 눈이 내리는 이 깊은 겨울밤,
내 방의 붉은 불을 끄고 나니, 흰 빛이 들어왔다.
저 빛이여, 거기 누가 있는가.
거기 누가 있는가.

눈 받은 허연 에드키스, 2022. 9. 3 밤

폭설

사나흘 폭설 내리니
사람 발자국들은 모두 끊어졌다.
앞산도 까마귀도 박새소리도
하얗게 눈에 묻히고

눈길은 쓸어도 먼지가 나지 않는다.
문 앞까지 좁고 긴 길을 내고
빗자루와 가래를 내려놓으니,
거대한 침묵!

아, 어딘가
깊은 숨소리다.
희디희게 누가 숨을 쉬고 있다.
한번 내쉬면 하늘 끝까지 부풀어가고
들이쉬면 고요히 한 점에 모인다.

이 숨소리도 어느 날엔가 지워지고
이 빙하기^{氷下期}가 지나고 나면,
마침내 복사꽃은 피어날까,
어딘가에 활짝 복사꽃이 피어날까.

폭설 속으로 KTX가 달리고

폭설속으로 귀향길 고속열차가 달리고 있다.
창밖으로 흰 눈은 빙하기처럼 펑펑 내리는데
시속 300km로 쏜살같이 고속열차는 달린다.
저 산도 들도 마을도 흰 눈발 속으로 사라지고,
전신주도 기나긴 철길도 온통 폭설에 묻히는데
고속열차는 달리고, 눈 내리는 속도보다 빨리
달린다. 눈송이와 눈송이들 사이로 쏜살같이
달려가고 있다. 나는 좁은 의자 속에 꼼짝없이
속죄양처럼 앉아있다. 나 지은 죄 많아 희디흰
마스크로 입 틀어막고, 숨죽여 기도하고 있다.

(2021)

동행

강가의 갈대밭 길은
개미를 밟지 않으려다가
어린 달팽이도 만나고,
지렁이도 만나는 길이다.
가끔은 길 잃고 머리 위로
날아가는 외기러기도
만나는데,

서로 가는 방향은 달라도
우리는 모두 동행이지,
그렇지.

(2019)

기러기

기러기 칠형제가
강물 위로 날아가고 있다.

도, 시, 라, 솔, 파, 미, 레,

바람의 노래를 부르며
함께 날아가고 있다.

(2021)

물의 神殿
– 바이칼에서

깎아지른 설산 가파른 암벽으로 허리를 두른
까마득히 먼 수평선의 하늘 호수, 바이칼.
깊고 푸른 물의 神殿이여.

이천 오백만년 전 어느 날엔가
수억년 혹한의 빙하를 뚫고 맹렬한 불기둥들
일제히 하늘높이 솟구쳐 올라

얼어붙은 죽음의 대지를 온통 불태웠네.
물과 불이 서로 만나 울부짖고 소용돌이치며
호수가 되고 뭉게구름이 되고 무지개가 되었네.

뭇 생명을 낳고 낳은 거대한 자궁이 되고
따스한 젖줄이 되었네. 물고기들, 바다표범도
자작나무, 소나무, 전나무, 가문비나무도

곰도 여우도 자라게 하였네. 쑥쑥 자라게 하였네.
끝없는 저 수평선 따라 물새 떼 높이 날아오르고
갈매기들은 벼랑 끝 바위틈에서 알을 낳았네.

일천 수백 미터 물속 깊이에서 옛 분화구들은
아직도 뜨거운 열기를 끊임없이 뿜어 올리며
하늘을 담은 물의 神殿을 은은히 감싸는데

저기 키 큰 자작나무숲 아래 뒤돌아보지 않고
순록을 몰고 가는 사람들이여, 잠깐 멈추어라.
긴 벼랑 끝을 따라 걸어가는 목마른 사람들이여,
여기서 잠깐 멈추어라.

길
– 바이칼에서

긴 긴 예니세이 강물은 북쪽 끝으로 흘러가고,

눈 덮인 산 얼음 호수,
끝없는 저 초원을 지나 나는 왔다.
해 뜨는 곳을 향해 순록 떼와 더불어 왔다.
큰곰자리별을 따라
헤매어 왔다.

예니세이여 잘 가거라.
바이칼이여 알혼이여 잘 있거라.

밤에는 북을 치며
달과 별과 더불어 노래하고
낮에는 키 큰 자작나무숲 아래서
무릎 꿇고 돌에다 꿈을 새기며
순록 떼와 더불어 왔다.

길 없는 길 멀리 멀리 헤매어 왔다.
해 뜨는 곳 향해 왔다.

순록의 뿔

순록의 뿔은 뿔이 아니다.
무기는 더욱 아니다.

순록의 뿔은 공격을 모르는
사랑의 화관花冠같은 것.

오직 사랑과 헌신이 있을 뿐
남을 해치려 하지 않는다.

얼어붙은 땅 눈보라 속에서
태초의 영혼 오롯이 간직한 채

눈과 얼음을 헤치고 이끼 풀과
땅에 떨어진 낙엽을 먹고 살며

마침내 제 목숨도 내놓는다.
순록은 순한 사랑의 화신이다.

(2016)

해질 무렵

해 질 무렵에 저 바다갈매기들이
무리지어 춤에 취하듯이
가을바다에 취하듯이

해 질 무렵 가까이 우리도
저 빛나는 가을바다가 되어
함께 취하세, 하나가 되세.

갈대 문자

겨우내 얼어붙은 강물 위에,
밤새 내린 저 희디 흰 눈더미 위에,
쓰러져가고 있는 마른 갈대들이
온몸으로 적어놓은 저 문자들을

경건히 읽고 있다.

(2022)

잔설의 여운

이른 봄날 아침 햇볕에
장독대 위에 남아있던 눈이 녹아내리는
저 맑고 투명한 물빛 열반涅槃을

보고 있다.
소리 없이 온몸을 사르는
뜨겁고도 차가운 마지막 순간들이

다시 불꽃 속에서
도자기 위로 내려앉는
희디흰 부활을 보고 있다.

담배를 지그시 물고
겨울 내의를 입은 채, 방문 밖으로
몸을 기울여 바라보고 있다.

(도예가 故이종수 선생의 〈殘雪의 여운〉을 보며. 2017)

잔설殘雪의 여운餘韻, 1992, 42×36cm, 점토질

무지개의 문

거대한 칼날같이
초고층 아파트들이 솟아올라
무지개에 가닿으려 한다.

무지개의 문이여,
크고도 넓구나.

(2023)

텅 빔

텅 비었다고
저 빈 곳에서 텅! 하고 소리가
울려 퍼지지는 않지만

들리지도 보이지도 않지만
텅 빈 거기에는
무엇이 들어 있다.

소리도 아니고
노래도 아니고 한숨도 아닌
그 무엇이 들어있다.

그릇 아닌 그릇에
기쁨 같은 것이 담겨 있다.
미미하게 부는 하늬바람 같은 것이

불고 있다. 따스하고 밝은 빛이
스며들고 있다. 가뭇없이
꽃이 피고 지고 있다.

에이 아이(AI)가 태어나니

에이 아이가 재빨리 태어나고 있으니,
사람의 아이들은 서서히 사라져가네.

에이 아이를 낳고 낳는 사람들이여.
에이 아이, 비 씨 아이도 태어나고

참 씨 아이들은 어디론지 사라지네.
에이 아이를 낳고 낳는 사람들이여.

숫자와 기계의 거대한 무덤 속에서
뿌리 뽑혀 뒹구는 저 허깨비의 꿈.

(2024)

먼

저 은하수와
앞마당에 피어 있는 하얀 찔레꽃들의 먼 응시,

젖꼭지를 물고,
한참 동안 엄마의 눈을 올려다보고 있는
아기의 눈에
스며든

한줄기
빛!

(2012)

음악

그냥
솔솔 바람,

봄을 조금씩 실어 나르는
여린 바람 속으로

다가오고 사라져가는
이 고요하고 맑은 것을

조는 듯 깬 듯
나 멈춰 서서 느끼네.

먼 영원 저쪽엔 듯
귀 기울이네.

은은히 바림 속으로
부드럽게 다가오는

나의 우주
나의 혼

2021. 10

우주

저 끝없는 별들의 집이 아니라
희고 검푸른 크나큰 구멍이 아니라

한량없고 속절없으니
내 마음이 아닌가.

닫히고 캄캄해진 마음을 활짝 열어젖힌
한마음의 한바다가 아닌가.

헤아릴 수 없이 부풀어 오른 마음 덩어리가
아, 긴 긴 띠를 풀어내며

눈을 감아도 사라지지 않는
기나긴 꿈길 같은 것이 아닌가.

(2013)

제2부

산벚꽃

산벚꽃

어느 봄날
여기 늙은 산벚꽃 나무 아래서
잠시 쉬었다 간다,
흔적 없이

물총새의 여름

이십 리 들길을 걸어서 중학교를 다녔다.
길은 멀어서 몇 번인가 긴 개울을 건너야 했다.
여름이면, 그 개울을 따라 물총새 한 마리가 나를 따라왔다.
눈부신 비취빛 금빛 깃털을 뽐내며 작고 날렵한 몸짓으로
쏜살같이 내 앞 뒤를 따라다니던 새, 초록빛 여름마다
그 물총새와 함께 나는 먼 중학교를 다녔다.

(2017)

돌들에의 미름 2021.   이술회

화개미소 花開微笑

오래 오래
내가 찾아 헤맨 것
한 송이 연꽃이었다.

깊고 캄캄한 저 수렁과
멀고 먼 저 모래의 세월을
건너오며,

어느 날인가,
홀연 한 송이 연꽃이 안에서
피어올랐다. 내 안의 심연에서

고요히 피어올라
천 겹 만 겹의 꽃잎들이 피어올라
일제히 소리 없이 열리며,

온몸으로 피어오른 꽃잎들은
마침내 고요히 한 미소가 되어
멀리멀리 여울져갔다.

내 안에서 피어오른 이 연꽃
한 송이의 여운이여, 허공으로 번지는
화개미소, 맑디맑은 빛이여.

2022.17

저 꽃봉오리

캄캄한 허공에 뿌리내리고 있는
활활 타오르는 불덩어리에 뿌리내리고 있는
저 꽃봉오리를 보아라.

머나먼 저 은하수 너머로
긴 긴 실뿌리를 내리고 있는
저 꽃봉오리를 보아라.

천만 겁 깊이깊이 뿌리를 내려
나선螺線으로 소용돌이로 피어나는 꽃봉오리
활짝 열린 꽃잎들을 보아라.

내 안에서 밖으로 피어오르는 꽃을
보아라. 허공에서 저 허공 밖으로 몸 내밀어
고요히 미소 짓는
이 꽃을!

(2001)

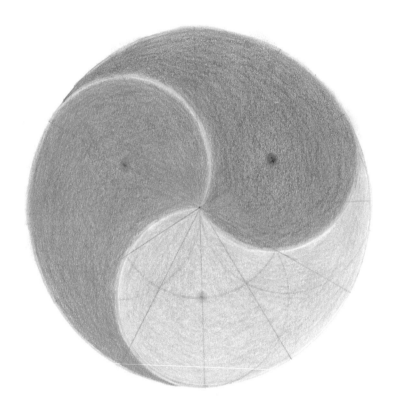

2021. 10

내 몸 속에는

내 몸 속에는
오랜 별들의 무덤이 있고,
먼 은하의 물결소리도 은은히
들려오고 있다.

작은 연꽃 씨도 하나 심어놨으니
언젠가 희디흰 꽃봉오리도
솟아나겠지.

(2020)

2020.12

여름 한나절

개울 속을 거닐던 저 백로는
은빛 피라미를 입에 문 채
오리나무숲으로 날아오르고,

갓 난 새끼를 등에 업고
콩밭을 나오던 어미 여치는
메밀밭 속으로 황급히 숨어들었다.

큰 포클레인 두 대가 입을 벌리고
빠른 속도로 큰 길 쪽에서
달려오고 있다.

(2016)

물고기는 뛰고 잠자리는 난다

동해바다 속에서
아이씨비엠(ICBM)이 막 솟아오르고 있다.
거대한 백상어처럼 바다를 물어뜯고 찢으며
무시무시하게 솟구쳐 오른다. 저 TV 속에서
아이씨비엠이 바다 속에서 끊임없이 솟아오르고 있다.

여기 한반도 남쪽 끝 지리산 속
작은 저수지에는 수많은 은피라미들이 일제히
물 위로 물 위로 솟구쳐 오르고 있다. 긴 장마 끝난 후
밝은 햇살 속으로 은비늘을 반짝이며 하늘로
하늘로 솟구쳐 오르고 있다.

물과 불 사이의 한 순간을 온몸을 솟구쳐 뛰어오르며,
밝은 햇살 속으로 저수지 위로 노랑나비, 흰 나비들이
고추잠자리들이 햇빛에 취해 함께 춤추며 날고 있다.
신들린 듯 온몸을 흔들며 흔늘리며 황홀히
춤추며 날고 있다.

아이씨비엠이 나는 높이 위로 피라미들이 뛰어 오르고
노랑나비 흰 나비, 고추잠자리들이 그 사이를 날고 있다.
저 동해바다가 지리산 속에 잠기며 아이씨비엠이 피라미들을
쫓고 있다. 노랑나비 흰 나비, 고추잠자리들이 끊임없이
아이씨비엠을 쫓아가며 날고 있다.

(2017, 천은사에서)

꽃과 벌과 나비의 말

보름달이 뜬 밤에도
잔대 꽃의 작디작은 보랏빛 긴 대궁이 속으로
쌍발 제트기 같은 나비가 가늘고 긴 입술을
끊임없이 디밀고 있다.

쨍쨍 한낮에도
더덕꽃의 상아 빛 꽃대궁이마다
그 속으로 작은 말벌들 끊임없이 드나들며
이 꽃 저 꽃 쉼 없이 꽃가루를 나르고 있다.

붉은 꽃 노란 꽃
연분홍 백일홍 꽃잎들 위로
노랑나비 흰 나비 호랑나비들 춤을 추며
이 꽃 저 꽃 꽃가루를 묻히며 나르고 있다.

꿀을 빠는 입술이 꿀을 산뜩 묻히고
손발과 머리통이 꽃가루 범벅되어
꽃에 홀린 듯, 꽃향기에 취한 듯
이리 저리 이리 저리 날고 있다.

꽃들이 문을 활짝 열고 반겨 웃고 있다.
꿀은 적고 심부름할 데가 너무 많지?
대궁이가 작고 좁아 너무 힘들었지?
꽃들이 미안하다며 웃고 있다.

꽃향기를 뿜어가며 웃고 서있다.
작은 나비 큰 나비, 작은 벌 큰 벌에게
반갑다고 하나하나 인사하며 웃고 있다.
꿀이 적어 미안하다고, 올해도 고맙다고.

(2017, 천은사에서)

제비

제비가 돌아오지 않는 봄 몇 해나 되었는가.

벌 나비들이 떠나간 지 몇 해가 흘렀는가.

숨죽인 봄날 소리 없이 우는 봄꽃들 곁으로

제비를 잊은 사람들 묵묵히 지나가고 있다.

(2017)

부용리 연꽃

여름날 부용리
연못가에서 연꽃을 그렸네.

한나절 그려도
그 향기를 그리지 못했네.

노고지리

노고지리여,
봄날 저 푸른 보리밭에서
단번에 흰 구름 속까지 솟구쳐 날아올라
눈부신 햇살같이 영롱한 그 노래를 공중에 뿌려놓고,
다시 쏜살같이 내려와 아지랑이 속으로 숨어버렸지.
하루 종일 널 찾을 수 없었다.

(2015)

봄

노고지리여, 노고지리여

구름 속인가,
백척간두인가.
멀리 어디서 간절히 나를 부르며
들릴 듯 말 듯
노고지리가 우는데,

새 잎이 돋아나는 갈대밭 속에서
나는 문득 길을 잃은 채
멈춰 서있다.

(2019)

눈이 있는 것은

늘 보고 있다.
하늘과 함께 나를 보고 있다.
빛 속에서 보고 있다.

밤에는 반짝반짝 별이 비치고 있다.
깊고도 맑은 꿈이 빛나고 있다.

눈이 있는 것은 보고 있다.
무지개 같은 영혼을 두르고 있다.

찰나, 찰나를 보고 있다. 무한을 담은
텅 빈 방이 있다.

영혼의 샘이 맑으면 샘에 비치는
제 얼굴도 그 눈으로
조용히 들여다보고 있다.

(2014)

망초 꽃

강가 언덕에 피어난
젊고 하얀 망초 꽃들이
한여름 햇살에 부끄러운 듯
고개를 갸웃거리며, 서로 어깨를
기대고 서있다.

수수하고 여린 그 모습
어린 날의 사촌 누이들을 보는 듯.
하늬바람 따라 조금씩 흔들리고
소리 없이 빙긋 미소도 지으며,
죄 없이 살다 가는 여름날의 저 망초 꽃들!

나는 어느 새 부끄러움 다 잊어버렸지.
물끄러미 바라보다가, 강물 위로
날아가는 해오라기를 따라
무심한 듯 걸어간다.

(2019)

백일홍

늦가을 햇볕 속에
백일홍 세 송이를 그리고 있는데,
그림 꽃 위에 날아와 앉아있던 저 나비여.

얼마나 오랜 세월을 서로 그리워했는지,
어느새 우리는 잊고 말았지.
잠시 앉았다가 다시 날아가는구나.

霜降
하루해가차다
비닐하우스의 百日紅꽃

二千七年 十月 廿三日

미소불微笑佛

봄, 여름, 가을, 겨울
끊임없이 피어올라서
늘 미소 짓고 있는 저 꽃들은

미소 부처님인가,
미소 하느님인가.
저보다 오랜 법문法門이
저보다 빛나는 사랑이 있을까.

길 가 수양버들 곁에
줄기가 잘려 밟히고 있는
노란 애기똥풀꽃들이

포크레인에 뿌리가 뽑혀
바위틈에 누워있는
흰 썰레꽃들이

모두 초여름 투명한 햇볕 속에서
조용히 광배를 두르고
빛나고 있다.

목련꽃 핀 날

활짝 핀 목련꽃들
강 건너 산 넘어 봄의 하늘 속으로
높이 또 높이

꽃다발을
하얀 꽃다발을
들어 올리고 있다.

한 해 한번 이 짧은 축제의 나날,
일제히 하얀 꽃다발을 들고
하늘로 솟아오르고 있다.

누구에게 올리는 지극한 선물인가.
어디서 와서 어디로 가는
티 없이 맑고 빛나는
그 마음인가.

(2020)

부레 옥잠

초봄의 연못에 흔히 떠서 피어나는
저 부레옥잠화를 처음으로 정성껏 그린다.
보는 이 없어도 연보라 저 꽃빛은 얼마나 아름다운가.
오늘 자세히 보니, 그 꽃잎 안에 작고 밝은 광배가 숨어서
빛나고 있구나.

작디작은 빛의 아이야,
비취 옥비녀를 꽂은 이쁜 아이야.

꾀꼬리

텃밭을 매다가 가까운 버드나무숲에서 우는
꾀꼬리의 저 노래 소리 무심코 따라 부른다.

처음에는 멈칫, 소리를 멈춘다. 뭔 소리? 라고
생각하는가, 꾀꼬리야 나는 아무 생각 없단다.

꾀꼬리가 다시 노래한다. 나도 빙긋 웃고 따라
한다. 그래, 알아들었다고 꾀꼬리도 응답한다.

침묵의 봄 잊어버리고 니캉내캉 주고받는 노래.
이웃 되어 한나절 노네. 친구 되어 함께 우네.

(2015)

징검다리

말 돌을 딛고, 글 돌을 딛고
흐르는 개울을 건너 저쪽 언덕으로,
다시 또 긴 개울마다 이어지는
고마운 징검다리여. 개울에 비치는
저 하늘과 구름 함께 따라오고 있구나.

(2024)

동해바다

봄이 멀리 흰 파도를 따라오고 있구나, 동해바다여.

달의 배

저 달의 배를 타고 간 사람들이여.
돌아오지 않는 사람들이여.
오늘 밤은 바람 불고
몹시 춥구나.

(2023)

거울이 된 저 계곡물은

거울이 된 저 계곡물은
하루 이틀 사흘, 오래오래 기다리던
그대 얼굴 비칠 때까지 하염없이 기다리던 물이다.

넘치던 급류 끝에 거품도 흙탕도 여의고
그대 마음 비칠 때까지 깊이깊이 가라앉은 물이다.

모양도 색깔도 맛도 냄새도 비워버린
무거움 놓아두고 가벼움 흘려보낸 텅 빈 물이다.

거울이 된 저 계곡물은
천둥 번개 폭풍우도 지나고 난 뒤
그대 모습 그대로 비춰주는 고요한 눈빛이다.

(2013, 발표작을 부분 수정)

귀를 씻고 나니

개울가에서 살아온 지 삼십 년이 가까웠다.
밤낮 물소리로 귀를 씻고 씻었더니,
마침내 두 귀가 어두워지고 말았구나.
귀 속의 그 귀는 어디론지
흘러서 가고 없다.

(2024)

제3부

부산항

부산항 釜山港

한 계단
또 한 계단 천천히 올라갔다.
엄마 손을 꼭 붙잡고.
시간이 멈춘 듯 천천히 걸어 올라갔다.
검고 낡은 판잣집들이 버섯처럼 늘어서 있는
사십 계단의 가파른 언덕길을

기어이 다 올라가서,
문득 고개를 돌려 뒤돌아본 순간,
멀리 짙푸른 저, 바다였다! 처음 본 그 바다,
하늘보다 짙푸른 바다가 꿈틀거리고 있었다.
거대한 짐승처럼 두려워져 나는 부르르 떨었다.
검붉은 배들이 바다에 둥둥 떠 있고,
시커먼 연기를 내뿜고 있었다.

전쟁이 멈춘 후의
어느 초여름 날이었을까. 멀리 붉은 게딱지 같은
지붕들 위로 끝없는 그 바다가 꿈틀거리며
숨 가쁘게 나를 에워싸고 있었다.
엄마 손을 꼭 잡고,

바다를 처음 바라보던 소년은
가파른 사십 계단의 언덕길을
조심조심 내려와,

그 바다를 조금씩 삼키며 자라났다.
어린 소년이 노인이 될 때까지
전쟁은 끝나지 않고,
멀리 부산항의 늙은 바다는
몸 뒤척이며 살아 있다.

(사십계단: 50년대 부산 용두산공원을 오르던 언덕길)

아내의 발자국

눈 내리는 새벽길을
아내 뒤를 따라 걷고 있다.

눈 위로 작은 발자국을 남기며
걸어가는 아내의 뒷모습,
왠지 눈물겹구나.

뒤돌아보지 않고 앞서 걸었던 내가
이제는 그녀의 뒤를 따라간다.

내가 앞서 걸었던 그날엔
내 등 뒤를 보곤 했겠지,
슬퍼하기도 했겠지.

손잡고 그 바닷가 거닐 때는
일굴을 맞대고, 허리를 감싸 안고

가팔랐던 저 산등성이도
이고 지고 같이 넘어왔네.
먼 길을 에둘러 돌아왔네.

그 어느 봄날인가,
활짝 핀 벚꽃을 한 아름 안고 가던
그녀와 마주친 그때부터

눈 내리는 이 길까지 함께 걷고 있네.
돌아보니, 작은 발자국들이 눈발 속으로
파묻히고 있다.

오륙도 五六島

흐린 해무 海霧 속으로
멀리 오륙도 五六島 를 바라보고 서있다.

아픈 대륙의 맨 끝자락
저 작고 까만 바위섬 대여섯 개,
시푸른 바다에 오래 오래 몸을 담그고

끊임없이 굽이치는 억센 파도에
해신 海神 처럼 맞서 묵묵히 먼 바다를
응시하고 있다.
점, 점, 점… 거대한 침묵의 말줄임표를
찍어놓고,

밀물과 썰물 사이로
매 한 마리 날쌔게 날아오르고,
바위틈서리 해국 海菊 들도 품고 있으리.

흐린 해무 속으로
멀리 오륙도를 바라보며 오래 서있다.

95

일광역을 지나며

그리운
동해남부선,
저 바닷가의 작은 간이역

어느 여름 날
솔밭 속 모랫길을 걸어가던 하얀 맨발들,
흰 구름 속으로 푸른 파도를 가르며
돌고래처럼 뛰어오르던 싱싱한 그 알몸들,
함께 손잡고 밀짚모자를 내던지며
달려가던 반짝이던 그 얼굴들
어디로 갔는가.

동해남부선의 바닷가,
완행열차를 내려 모랫길을 넘어가면
창세기의 푸른 바다가 끝없이 열리던 곳.
눈부신 긴 해안선을 따라 달려가는
파도의 춤과 해신^{海神}들의 노래,
꿈꾸는 가슴들이 파도에 휩쓸리며
긴 물풀처럼 바다 위에 떠다니고

저 짧은 여름밤의 불꽃들이
식어가는 검붉은 잿더미 속으로,
모래와 바람과 이슬로 뒤덮인 사막에서
저 새벽별로 가는 멀고 아득한 그 길.
아아, 희디흰 말을 타고 달려간
그대는 어디로 갔는가.

동해남부선의 바닷가,
눈부신 햇볕 속의
저 작은 간이역.

구토

'구토^{嘔吐}'라는 책 이름을 갸웃거리며 본 것이,
내가 중학생이 되고 난 후에 형의 책장에서였다.
훗날 구토를 알게 되었다. 구토를 자주 하던 그 젊은 날,
내 등을 말없이 두드려주던 친구의 그 손길 그립구나.
함께 앓으며 구토하며 서로 등을 두드려 주다가
희부윰히 새벽이 밝아오던 그 날들이 그립구나.

(2017)

보름달

어미의 회갑이라고,
만삭의 몸으로 친정나들이 왔다가 돌아가는
딸의 손을 붙잡고,

함께 올려다보고 있는
저 보름달!

(2010)

고요한 편지

늦은 가을의 풀꽃을 그려 넣은
고요한 긴 편지를 써 보내고 싶었다.
그 속에 쓸쓸한 풀벌레소리도 담고
가을날 오후의 햇볕도 넣어서 보내고 싶었다.

아, 받아줄 사람 사라져간 줄도 모르고
세월이 얼마나 흘러간 줄도 모르고
오래 오래 그렇게 하고 싶었다.
그렇게 하고 싶었다.

(2015)

2013.10 崔

달

달이
떠오른다.
그대 눈동자에
그대 숨소리에

그대 해조음^{海潮音}에 떠오른다.
텅 빈 저 하늘의 주렴 속에
아른아른 떠오른다.

달이 고요히
그대 심연^{深淵}에
잠기고 있다.

가을 풀잎

마른 가을 풀잎을 무심코 쓰다듬다가
손가락을 베였다. 싸늘한 통증이 길게 비명처럼
내 안으로 깊고 날카롭게 울려왔다.
아, 가을이 저리도 섧게 울고 있는 줄
나는 모르고 살았구나.

다듬이 소리

어디선가 이웃집에서 다듬이 소리가
낭랑히 들려오던 늦은 가을밤이 있었네. 다듬이 소리에
별똥별이 하나 둘 시나브로 떨어지곤 하던 고요하고
쓸쓸한 그런 가을밤이 있었네.

(2013)

가을바람

아, 가을바람!
다가서면
어느새 지나가 버리네.

이름을 부르면
돌아다 볼 사람 몇이나 남았는가.

부부

남편이 아프면 아내도 아팠다는 것을
아내가 아프니 이제야 알겠구나.
몸져누워 있는 저 아내여,
나도 그 곁에 누웠거니

아내의 춤
2024. 3. 17 이달희

밤을 깎으며

오늘 밤 제사상에 올릴 햇밤 한 움큼을
정성스레 깎고 있다. 으스름 등불 아래 햇밤을
깎으시던 옛날의 그 아버님처럼,
아버님의 기일에.

(2013)

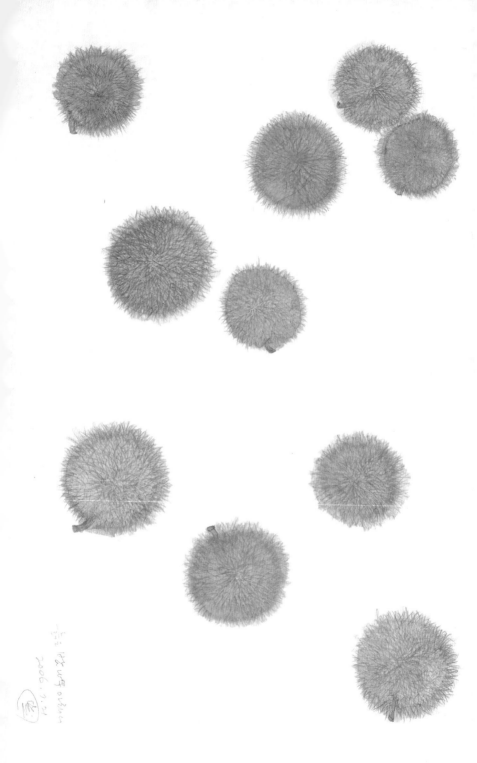

자아차紫芽茶를 마시며

입안에 맛이 느껴진 순간, 어디론지 그것은 사라졌다.
멀리 운남성雲南省의 밤하늘을 스쳐 지나간
한 줄기 유성처럼, 예리한 미각의 허공 속에
반짝! 하고 가뭇없이 사라지는
저 보랏빛 잎새의 영혼.

(2013)

(2014. 천용사泉涌寺의 차회에서)▶

한 모금의 옥로玉露

옛 사찰 깊은 정원 속 정갈한 차실,
고요가 은은히 내린 한낮의 찻자리.
노차인老茶人의 저 부드러운 손길은
밤하늘의 미리내 은은히 흐르는 듯

호젓이 걸려 있는 반야바라밀다심경,
조촐한 꽃병 하나 청옥빛 작은 향로,
자욱이 흐르는 실내의 자주빛 구름이
깊은 가을 정원 속으로 번져 가는데

찻잔 하나 소리 없이, 어느 먼 전생의
나비인 듯 내 앞에 와서 고이 앉았네.
가을 정원의 붉디붉은 저 고요를 삼킨
이 한 모금 지극하고 맑은 감로甘露여.

이 한 방울의 옥빛 이슬과의 만남이여,
해맑은 그 향기와 아름다운 그 빛깔은
문득 저 미리내로 떨어지던 별 하나 둘
내 안으로 스며들어 흘러가고 있는 듯.

빛차

월출산 아랫마을 백련당^{白蓮堂}에는
늘 흰 연꽃이 활짝 피어올라
그 연꽃자리에서 마시는
차가 바로 빛이다.

이 빛차 한 잔, 한 잔,
시방의 모든 그늘들이
투명한 그 빛 속에 잠기고

고요히 빛나고 있는
유리광^{琉璃光} 세계 빛의 노래
은은히 울리고 있다.

빛차 한 잔, 한 잔,
내 안의 빛 멀리 멀리 번져
활짝 열린 우주가 되고
모두 한 빛이 되고 있다.

(2019. 아이아라 선원에서)

먼 개울가

먼 개울가

늙고 굽은 소나무 아래

두어 칸 띠집에는

차 달이는 노인이 사는지,

푸른 연기 자락이

간간이 하늬바람을 타고

나비처럼 날아오르고 있네.

(元曉스님이 百結선생 집에서 지었다는 시에
"古松流水三間屋"이라는 구절이 있다.)

감나무

검버섯이 뒤덮인 저 늙은 감나무가
올해 가을에도 어김없이 귀한 열매를 맺었구나.
무심코 감 하나를 따다가 손길 멈추고
눈부시게 한참 올려다 보았네.

(2021)

9.30일 저녁
아버지 아픈께서 병에온 감꼭 가지를
그려보았다. 가을속의 풍성한느끼께.

115

산새 둥지 하나

외진 산모퉁이 산새 둥지 하나
비어 있네, 텅 비어 있네.

어미 새 작은 부리로 마른 풀잎
물어와 작은 둥지를 짓고

온몸으로 알을 품어 새끼 낳아
키웠네, 먹이고 보살폈네.

어디론가 멀리 헤어질 때까지
따스했던 저 산새둥지여.

볼수록 눈물겹구나,
눈물겹구나.

(2021)

텃밭

풀이 무성해진 텃밭에도
푸성귀들이 선물처럼 숨어 있다.
어머니가 차려주시던 여름날의 밥상처럼
누군가 새 반찬을 마련해 주시는 듯,
늘 다소곳이 숨어있는 선물이 있다.

(2013)

2007. 10

기도

쫓기다가, 쫓기다가
문득 하늘을 올려다본 들짐승처럼,
그 눈빛처럼

문득 달빛을 보고 있다.

(2021)

2022. 4.5 박문수 罗

121

집게손가락

부질없이 60여년 연필을 쥐었던 손가락이여.
집게손가락 허리가 오른쪽으로 비스듬히 휘어져 있구나.
내 마음도 오른쪽으로 비스듬히
휘어져 있으리.

(2020)

소리의 빛

푸른 옥피리를 부는 내 숨결이여.
텅 빈 취공^{吹孔}에 불어넣은 그 마음이
하늘과 땅을 울리고 또 울리는구나.

푸른 옥피리를 짚는 내 손길이여.
텅 빈 지공^{指孔}을 열고 닫는 그 마음이
소리와 빛을 빚고 또 빚어내는구나.

소리 속의 빛이여, 빛 속의 저 소리여.
옥돌이 푸르른 난^鸞새 울음을 울고
내 숨결은 먼 은하를 건너가는 번갯빛!

(2021)

내가 있으므로

네가 있네.
내가 있으므로

밖에도 우주가 있고
내 안에도 우주가 있네.

하나라고 매길 수 없는 하나로
그렇게 안팎에 함께 있네.

내 눈이 보는 것과
내 마음에 담긴 것

어느 쪽을 택해도 둘이 같이 있고
둘로 나누어도 마침내 하나로

말이 말을 낳은 것일 뿐
오직 이렇게 한 덩어리니

활활발발活活潑潑은 숨을 쉬고 있고
불 꺼지고 식은 재는 잠시 숨을 죽인

그냥 그대로 한 모습인데,
두 눈이 두 얼굴을 보고 있을 뿐

무한을 함께 살아 숨쉬며
한 덩어리 한 마음을 이루고 있네.

(2023)

동백섬

긴 모랫길을 걸어와서 뒤돌아보니,

후회가 저만치 따라오다 멈춰 서있네.

파도 속의 저 바위섬처럼 멈춰 서있네.

지지 않은 붉은 동백꽃처럼 거기 서있네.

(2023)

해설 · 발문

우주의 시원에 가 닿는 동심

진형준(문학평론가)

   고희를 훌쩍 넘겨 두 번째 시집을 낸 시인의 시를, 고희를 갓 넘긴 노인(?)이 읽는다. 어느 정도 달관達觀의 경지에서 삶을 바라보는 두 노인의 눈길이 만날 만하다. 특히 이달희 시인의 시는 그런 달관의 경지를 보여주는 듯하다. 불교적 연기緣起의 상상력을 짙게 보여주는 이 시인의 시를 관통하고 있는 것은 우주 삼라만상이 하나로 맺어져 있다는 깊은 통찰이다.

   그런데 나는 이달희 시인의 시를 읽으면서, 한없이 천진난만해지고, 한없이 행복해지고, 한없이 따뜻해진다. 마치 세상사에 대해 아무것도 모르는 유년기로 돌아간 것만 같다. 달관과는 거리가 멀어도 너무 멀다. 노년이 되어 유년기의 행복을 느낄 수 있다니, 마치 이달희 시인이 너무나 소중한 선물을 내게 안긴 것 같다. 불교적 상상력을 짙게 보여주는 시인의 시에서 나는 왜 유년기의 행복을 맛보게 된 것일까?

바슐라르가 말했던가? 우리는 시를 읽으면서 아무런 다른 생각
도 하지 않는다고…… 그냥 시의 이미지에 푹 빠져 그 이미지가
이끄는 대로 따라갈 뿐이라고…… 그러나 이달희 시인의 시를 읽
으면서 내게는 이 시인의 모습이 자꾸 겹쳐 떠오른다. 그 고요한
음성과 그 온화한 표정, 그리고 그 무엇보다 그 음성과 표정에서
전해지는 마음의 풍경이…… 그런데 그의 시를 읽으면서 떠오르
는 그 마음의 풍경이 시의 이미지를 따라가는 데 방해되지 않는다.
오히려 시의 이미지를 한껏 풍요롭게 부풀린다. 이달희 시인의 시
가 그 마음의 풍경을 그대로 옮겨 놓은 것 같다.

그 마음의 풍경은 절창 「두물머리에서」에서, 마치 한 폭의 수묵
담채처럼 담담하게, 그러나 강한 울림을 주며 그려져 있다.

남쪽 강가에서 태어나
북쪽 강가에서 늙어가고 있는
노인 하나 강과 함께 흘러가고 있네.

강은 내 가장 오랜 친구,
묵묵히 함께 긴 모랫길을 걸어왔네.
마른 땅을 적시고 때로 목을 축이며

어디서 와서 어디로 가는지
묻지 않고 서로 말없이 바라보며,
멀리 하나의 강으로 흘러가고 있네.

강가의 갈대처럼 서로 눈 없이도 보고
저 물새들처럼 귀 없이도 들으며
함께 흘러가고 있네.

멀리 유년의 강은 모진 전쟁의 포성들이
죽음의 붉은 강을 가로지르며,
소스라치게 흘러가고

노년의 강은 두 물이 만나 섞이고,
세 물이 만나 어우러지고 어우러지며
뉘엿뉘엿 함께 저 바다로 흘러가고 있네.

강은 깊이깊이 늘 사랑을 품었는데
나는 두 강가의 긴 모랫길을 헤매어 왔지.
노인 하나, 어느새 강물이 되어 흘러가고 있네.

—「두물머리에서」 전문

흘러가는 강은 대표적인 시간의 상징이다. 시인의 상상력에서도 강이 흐른다. 그런데 시인의 강은, 시간의 흐름처럼 시인을 성장하게 하거나 죽음으로 인도하지 않는다. 그 강은 모든 것이 함께 만나 흐르는 어우러짐의 강이다.

시인에게는 뒤도 돌아보지 않고 종착역을 향해가는 물리적 시간과 같은 하나의 강, 칸트 같은 철학자가 절대성을 부여한 그런 시간의 강만이 흐르는 게 아니다. 시인 곁에는 두 개의 강이 흐른다.

하나는 멀리 '유년의 강', 소스라치게 흘러간 죽음의 붉은 강이고, 다른 하나는 지금 시인 곁을 흐르는 '노년의 강'이다.

시인의 상상력 속에서 두 강은 "어디서 와서 어디로 가는지/묻지 않고 서로 말없이 바라보며/멀리 하나의 강으로", "함께 흘러 흘러가고" 있다. 그러나 함께 흘러가는 것은 그 두 강만이 아니다. 노년이 된 시인의 상상력 속에서 그 두 강 외에 또 다른 강이 함께 흐른다. "두 물이 만나 섞이고/세 물이 만나 어우러지고 어우러지며" 흐르는 또 하나의 강이 바로 그것이다. 그 강은 바로 시인의 상상력 속의 강이며, 시인 자신이기도 하다.

묵묵히 강과 함께 긴 모랫길을 걸어온 시인, 두 강가의 긴 모랫길을 헤매어 온 시인은, 노인이 되어 '강과 함께' 옆에서 흘러가다가, 이윽고 '어느새 강물이 되어 흘러가고' 있다. 그 상상 속의 세 번째 강은 그 두 강과 하나가 된 강이다. 시인의 상상력 속에서 세 강은 하나가 된다. 그 하나가 된 강에서 모든 것이 만나고 모든 것이 어우러져 흘러간다. 그 강은 흐르는 시간 같은 강이 아니라 모든 것이 어우러지는 공간이 된 강이다.

흐르는 강물을 만남과 어우러짐의 공간으로 변환하는 상상력은 범상한 상상력이 아니다. 그리고 그 만남과 어우러짐의 상상력이 이달희 시인 시 시계의 중심을 이루고 있다. 시인은 첫눈을 맞으면서도 "아, 강물처럼 눈물처럼/여기 만나 흐르고 있으니/헤어지고 다시 만나고 있으니(첫눈 한 송이)"라고 노래하며 "서로 가는 길은 달라도/우리는 모두 동행이지/그렇지(동행)"라고 노래한다.

무엇이 그 만남과 어우러짐을 가능하게 했는가? 바로 강이 '깊이깊이 늘' 품고 있는 사랑이다. 강은 흘러가는 물의 상징이 아니라 이 세상 삼라만상을 사랑으로 품는 우주의 상징이다. 시인이 어느새 강물이 되어 흘러가고 있다는 것은 시인이 곧 그 우주가 되었다는 뜻이다. 사랑으로 충만한 우주가 되었다는 뜻이다.

 이달희 시인의 시의 여정은 시인 자신이 사랑으로 충만한 우주가 되기까지의 여정 바로 그것이다. 그 여정에서 시인은, "새잎이 돋아나는 갈대밭 속에서 /문득 길을 잃은 채/ 멈춰 (봄날)" 서 있기도 하고, "여름날 부용리/연못가에서 연꽃을 그렸네.//한나절 그려도/ 그 향기는 그리지 못했네"라며 안타까워하기도 한다.
 하지만 그런 순간은 잠시일 뿐, 시인의 상상력 속에서 세상 만물은 이미 연결되어 있고 시인 자신도 삼라만상과 눈에 보이지 않는 인연으로 연결되어 있다. 시인이 이미 삼라만상을 연결의 눈, 연결의 상상력으로 보고 있기 때문이다. 그런 시인에게는 말과 글도 바로 삼라만상을 이어주는 징검다리이다. 그가 시인인 것은, 그가 시를 쓰는 것은 삼라만상을 이어주는 징검다리를 놓기 위해서이다.

> 말 돌을 딛고, 글 돌을 딛고
> 흐르는 개울을 건너 저쪽 언덕으로,
> 다시 또 긴 개울마다 이어지는
> 고마운 징검다리여, 개울에 비치는
> 저 하늘과 구름 함께 따라오고 있구나.
>
> ─「징검다리」전문

 시인의 시 자체가 징검다리 돌 역할을 하고 있으니, 그의 시 세

계가 온통 만남과 어우러짐으로 이루어진 것은 당연하다. 몇 개만
인용해 보자.

텃밭을 매다가 가까운 버드나무숲에서 우는
꾀꼬리의 저 노래 소리 무심코 따라 부른다.

처음에는 멈칫, 소리를 멈춘다. 뭔 소리? 라고
생각하는가, 꾀꼬리야 나는 아무 생각 없단다.

꾀꼬리가 다시 노래한다. 나도 빙긋 웃고 따라
한다. 그래 알아들었다고 꾀꼬리도 응답한다.

침묵의 봄 잊어버리고 니캉내캉 주고받는 노래.
이웃 되어 한나절 노네, 친구 되어 함께 우네.
— 「꾀꼬리」 전문

기러기 칠 형제가
강물 위로 날아가고 있다.

도, 시, 라, 솔, 파, 미, 레

바람의 노래를 부르며
함께 날아가고 있다.
— 「기러기」 전문

해 질 무렵에 저 바다갈매기들이

무리지어 춤에 취하듯이

가을 바다에 취하듯이

해 질 무렵 가까이 우리도

저 빛나는 가을 바다가 되어

함께 취하세, 하나가 되세.

— 「해 질 무렵」 전문

   꾀꼬리와 이웃 되어 한나절 놀면서 친구 되어 함께 울고, 해 질 무렵 빛나는 가을 바다가 함께 춤추는 시인의 상상력은 흡사 '흥어시 입어예 성어악興於詩 立於禮 成於樂'이라고 말한 공자(『논어』, 태백 8편), 세상과 흥겹고 조화롭게 어울리면서 비로소 그 무언가 이루게 되었다고 말한 공자의 세계와 흡사해 보인다. 공자의 그 흥겨운 어울림은 다른 사람과의 어울림일 수도 있고, 자연과의 어울림일 수도 있으며, 우주와의 어울림일 수도 있다. 하지만, 이달희 시인에게 그 어울림은 사람끼리의 어울림이 아니라 자연과의 어울림이며, 그 연장선상에서 우주 전체와의 어울림이다. 그렇기에 시인과 어울린 자연은 이미 우주를 향한 몸짓을 하고 있으며 저 은하수 너머로 긴 긴 실뿌리를 내리고 있다.

   활짝 핀 목련꽃들

   (…)

   일제히 하얀 꽃다발을 들고

하늘로 솟아오르고 있다.

—「목련꽃 핀 날」 부분 발췌

캄캄한 허공에 뿌리내리고 있는
활활 타오르는 불덩어리에 뿌리내리고 있는
저 꽃봉오리를 보아라.

머나먼 저 은하수 너머로
긴 긴 실뿌리를 내리고 있는 저 꽃봉오리를 보아라.

—「저 꽃봉오리」 부분 발췌

하늘을 향하여 솟아오르는 것, 지상이 아니라 저 은하수 너머로 긴 긴 실뿌리를 내리고 있는 것은 목련꽃이고 꽃봉오리이면서 실은 시인 자신임을 지적할 필요가 있을까? 그 염원이 바로 시인의 염원임을 지적할 필요가 있을까? 시인의 삶 자체가 바로 그 염원으로 이루어져 있음을 지적할 필요가 있을까? 그의 단 두 권의 시집이 그 평생 염원이 피워낸 귀하디귀한 꽃임을 지적할 필요가 있을까?

그러나, 그 염원은 이달희 시인이 마음속에 깊이 감추어 둔 염원이 아니다. 그가 시를 통해서만 보여주는 염원이 아니다. 이달희라는 한 인간의 삶 자체가 바로 그 염원의 실천인 것만 같다. 그의 시를 읽으면서 자꾸 그의 모습이 겹쳐 떠오르는 것은 그 때문이다. 그렇기에 그가 우주와 한 몸 됨을 노래하더라도, 그 노래는 관념이 아니라 가장 구체적인 시인의 내적 체험이면서 동시에 시인의 삶 자체가 되어 우리에게 깊은 울림을 준다.

그냥 솔솔 바람.

봄을 조금씩 실어 나르는
여린 바람 속으로

다가오고 사라져가는
이 고요하고 맑은 것을

조는 듯 깬 듯
나 멈춰 서서 느끼네.

먼 영원 저쪽엔 듯
귀 기울이네.

은은히 바람 속으로
부드럽게 다가오는

나의 우주
나의 혼

— 「음악」 전문

저 끝없는 별들의 집이 아니라

희고 검푸른 크나큰 구멍이 아니라

한량없고 속절없으니
내 마음이 아닌가.

닫히고 캄캄해진 마음을 활짝 열어젖힌
한마음의 한바다가 아닌가.

헤아릴 수 없이 부풀어 오른 마음 덩어리가
아, 긴 긴 띠를 풀어내며

눈을 감아도 사라지지 않는
기나긴 꿈길 같은 것이 아닌가.

-「우주」전문

  그렇다면 시인은 그 염원을 실현했는가? 감히 그렇다고 말하고 싶다. 그렇기에 시인은 "내 숨결은 먼 은하를 건너가는 번갯빛!"(「소리의 빛」)이라고 일갈하기도 한다. 그리고 마침내 자신과 우주의 한 몸 됨을 노래하게 된다. 나의 뿌리가 지상이 아니라 저 은하수 너머라는 그런 우주적 상상력 속에서, 우주와 한 몸이 되어 영원의 숨결을 부여받는 순간이다.

네가 있네.
내가 있으므로

밖에도 우주가 있고
내 안에도 우주가 있네.

하나라고 매길 수 없는 하나로
그렇게 안팎에 함께 있네.

내 눈이 보는 것과
내 마음에 담긴 것

어느 쪽을 택해도 둘이 같이 있고
둘로 나누어도 마침내 하나로

말이 말을 낳은 것일 뿐
오직 이렇게 한 덩어리니

활활발발活活潑潑은 숨을 쉬고 있고
불 꺼지고 식은 재는 잠시 숨을 죽인

그냥 그대로 한 모습인데,
두 눈이 두 얼굴을 보고 있을 뿐

무한히 함께 살아 숨 쉬며
한 덩어리 한 마음을 이루고 있네.

－「내가 있으므로」 전문

두물머리(양수리)에 살면서 남한강과 북한강이 합해 흐르는 것을 바라보는 노년의 시인. 노년의 시인은 자신이 강이 되어 그 강들과 함께 흐른다. 그리고 마침내 그 강들과 합해져서 하나가 되어 흐른다. 그렇게 다른 강과 하나가 되어 흐른 시인의 상상력은 마침내 "밖에도 우주가 있고/내 안에도 우주가 있네."라고 노래하고 "무한히 함께 살아 숨 쉬며/ 한 덩어리 한 마음을 이루고 있네."라고 노래하게 된다. 내가 우주에 품어져 있으면서 동시에 내 안에 우주가 품어져 있는, 도저^{到底}한 소우주/대우주의 상상력이다.

　그렇게 우주와 한 몸이 된 소우주/대우주의 상상력은 과연 달관의 세계를 우리에게 보여줄까? 한없이 고요하고 그윽한 세계를 보여줄까? 그렇지 않은 것 같다. 만일 그렇다면 그의 시를 읽으면서 내가 한없이 천진난만해지고, 한없이 행복해지고, 한없이 따뜻해진 이유를 찾을 수 없다.

　우주와 한 몸 됨을 염원한 그의 시를 읽으면서 나는 왜 천진난만함을 맛보았던 것일까? 그 염원이 음악(「기러기」, 「음악」)과, 춤(「해질 무렵」)과 함께 하고 있기 때문이다. 그 흥겨움과 함께 하기 때문이다. 우주의 그 '텅 빔'에 '기쁨 같은 것'이 담겨 있기 때문이다. 그리고 그 흥겨움과 기쁨이 한껏 충만한 세계는 바로 천진난만한 어린아이의 세계이기 때문이다.

　바슐라르는 유년기를 '원형 중의 원형'이라고 말했다. 그리고 천진난만함의 세계인 상상 속의 유년기를 바로 우주의 시원^{始元}이라고 말했다. 그 유년기는 세상이 분리되기 이전의 세계이고 내가 세상과 분리되기 이전의 세계이다. 따라서 한 없이 행복한 세계이다.

상상 속의 유년기는 정신분석학자들이 말하는 퇴행과는 거리가 멀다. 그 유년기는 세상 전체가 하나이고, 나도 세상과 하나인 세계이다. 바슐라르의 '행복의 시학'에서 상상 속의 유년기란 우주의 시원으로 돌아가, 한 몸으로 어울리는 것을 말한다.

그러고 보니, 나는 이달희 시인의 시를 읽으면서, 우주와 한 몸 됨을 향한 시인의 염원보다는, 그 염원을 낳은 시인의 마음을 읽고 행복해졌던가 보다. 그 염원 속에서 시인의 천의무봉天衣無縫과 같은 천진함을 읽고 행복해졌던가 보다.

그렇다. 시인의 그 천진함이 시인을 불교의 연기론緣起論으로 이끌었을 것이다. 불교적 연기론이 시인의 시 세계를 이끈 것이 아니라, 시인의 그 천진함, 그 행복한 마음 풍경이 그를 연기론으로 이끌었을 것이다. 노년기에 어느새 강물이 되어, 다른 강과 "어우러지고 어우러지며/ 뉘엿뉘엿 함께 저 바다로 흘러가고" 있는 시인은, 그 바다에서 모든 것과 어울려 함께 행복과 기쁨과 사랑을 누리는 유년기와 만나고 있으니, 이보다 더한 인연이 어디 있으랴!

시와 그림의 아름다운 동행

손병철(시인, 철학박사)

송대宋代 시, 서, 화 삼절인 소동파蘇東坡가 왕유王維의 시와 그림을 두고 평하기를, '시중유화詩中有畵 화중유시畵中有詩'라 했다. 다시 말해 시 가운데 그림이 있고 그림 가운데 시가 있다는 뜻이다. 이 간결한 여덟 자 명구는 문학과 회화의 밀접한 관계를 명쾌하게 지적하고 있다. 필자가 오랜 벗의 시집에 대한 글을 쓰면서, 왜 하필이면 중국 당송시대의 대표적인 시인 묵객의 말로 시작하게 되었을까? 그것은 필자와 이 시인의 사적 만남뿐만 아니라, 그의 시세계를 이해하는데 있어 가장 핵심적 열쇠가 되리라고 생각했기 때문이다. 특히 이번 시집은 시와 그림 그리고 사진을 곁들인 시화집이기도 하다.

시가 그림이 되고 그림이 시가 되는 경우는 시의 장르에 있어서 서정시를 일컫는 경우가 대부분이다. 서정성을 대표로 하는 시에서는 자연 서경敍景이 빠질 수 없다. 화론에서 말하는 서화동원처럼 시화일체를 의미하기도 하지만, 흔히 시의 의경意境을 그림으로 표현하던 시의화詩意畵와도 관련이 없지 않다.

이번 시집 형식이 '시화집詩畫集'인 데는 시집의 편집과 구성문제 이전에 그가 가슴에 깊이 지녀온 예술에 대한 본질적 취향이 자리 잡고 있다. 시화집이란 시와 그림을 하나로 묶은 시집이라는 뜻이다. 이 시인이 고희의 세대에 이르도록 가슴에 무엇을 새기고 그리며 살아왔는가를 보여주는 극적인 장면이다. 일찍이 우리 동양 예술은 2천 년 전 닥지라는 종이가 발명되자 획기적으로 발전하였다. 이동과 보존이 용이해졌고, 시서와 서화가 큰 발걸음으로 발전하게 되었다. 선진 예술가들은 한자리에 모여 시, 서, 화를 함께 즐길 수 있었다. 화가는 화선지에 산수나 화조를 그리고, 여백에 시문을 지어 쓰거나 경구를 써넣기도 했다. 사실 시, 서, 화 합작의 풍류風流 자리에는 시인과 서가와 화가가 따로 없었다. 동양에서 시인, 서예가, 화가라는 직업이 분화된 것은 근대화의 산물이다. 근대화 시기에 필기도구가 서구적으로 바뀌면서 시, 서, 화 일체의 전통이 해체되었다. 그리고 본래 문인화文人畵의 본령은 화가의 것이 아니라 문인의 것이다.

이 시인의 시화집은 우리 고유의 문화적인 전통에 맥을 두고 있다. 따라서 그의 시집 형식과 시 의식은 시, 서, 화 일체의 문화맥락 속에서 이해할 수 있다. 시집의 이름이 뜻밖에도 『수수담담』이라는 것에서 그의 뜻이 엿보이기도 한다. 시인의 말에 따르면, '수수한 삶과 담담한 마음'의 약자라고 한다. 듣고 보니 반복되는 소리에 담긴 의미가 수수하고 맑아서 좋다. '수수하다'는 말은 꾸밈이나 거짓이 없어서 소박하다는 뜻이다. '담담하다'는 말은 바람이 없는 달밤의 잔잔한 호수처럼 차분하고 맑은 분위기를 일컫는다. 예로부터 인문적인 교양과 인격을 수행할 때 수수하기도 어렵고 담담^{淡淡}하기는 더욱 어렵다고 여겨져 왔다. 그러고 보니 『수수담담』이란 시집의 이름은 시인의 취향이나 인격 또는 생활의 모습을 그대로 나타내고 있기도 하다. 이번 시집은 그의 예술적 취향^{趣向}과 미학적 경계^{境界}, 인품의 향기^{香氣}와 생활의 정경^{情景}을 두루 보여주고 있어서, 독자들의 공감 폭이 넓을 것이다.

한때 시가 부호 해독을 하듯 어렵기만 했었는데, 이 시인의 시 쓰기는 너무도 수수하고 정겨워 독자들에게 쉽게 다가온다. 서정시 본연의 아리따운 시심이 새겨져 있는 시집을 들추다 보면 독자로서 행복감에 젖지 않을 수 없다. 필자가 알고 있는 프랑스 현대 철학자 프랑수와 줄리앙(Francois Jullien)은 중국을 비롯한 극동예술의 심성과 표현 형식을 놀랍게도 그의 저서에서 단 두 글자로 압축한 적이 있다. 즉 '담^淡'과 '세^勢'가 그것이다. '담^淡'은 예술가의 내적 경계의 바탕이라면, '세^勢'는 기운생동의 기세로 예술품의 외적 표현의 결과를 말한다고 할 수 있다. 미학자인 종백화^{宗白華} 전 북경대학교수는 동양예술과 서양예술의 미학적 차이점은 '예술의 경계^{境界}', 즉 '예경^{藝境}'에 있다고 단 한 단어로 압축했다. 동양예술에는 수행의 경지가 중요하다는 뜻이다. 이를 보면 프랑수아 줄리앙 역시 서양학자로서 동양미학의 핵심을 정확히 보았다 할 것이다. 그는 말하기를, 서양화는 존재로서의 '형상'을 그리지만, 동양 산수

화는 형상 대신에 '변화' 즉 기운氣韻을 화폭에 옮긴다고 한다.

이 시인의 시화집 여백에 펼쳐진 그의 그림들은 필묵화도 아니고 본격적인 회화도 아니다, 그것은 시의화詩意畵라 할 것인데, 시적 생활 속에서 조응照應된 시인의 심물心物인 것이다. 다시 말해 시인의 마음과 사물과의 만남이자 그 대화의 결과로 볼 수 있다. 시화집에는 구상화뿐 아니라 추상화도 있다는 사실은 시중유화로서 다양한 그의 심물心物을 보여주는 것이리라. 필자의 심물철학에 입각해 볼 때, 그의 시화들은 기운생동의 심물지시心物之詩이자 심물지화心物之畵로 여겨진다. 다시 말해, 그의 시화는 심물지물心物之物이며, 동파가 말한 '가슴 속의 대나무胸中之竹'에 다름 아니다. 직관적인 심물합일의 표현으로서 그의 시와 그림은 꾸밈없이 순수하고 소박하다. 현대적 미감에다 형식 또한 다양하기 그지없다. 찰나생멸의 무한성과 일회적 선의 다양성을 그의 시화에서 엿볼 수 있다. 그의 그림은 어떤 화법에도 얽매이지 않은 동심의 세계와 같이 맑고 순수해서 아름답다. 비록 필묵을 사용하고 있지 않았다 해도, 그의 깊은 무의식 속 심물조형에는 필획의 기운이 잠재되어 조형심물로 나타나고 있다.

한국을 대표하는 시, 서, 화 삼절의 위대한 서예가이자 문인화가였던 추사 김정희는 문인의 문기文氣를 매우 소중히 여겼다. 문기가 그득한 그의 서법이나 화법은 매우 파격적이어서 독창적인 경지에 이르렀다. 그는 "난을 그리는 데 있어서 법이 있다는 것도 안 될 말이지만, 법이 없다는 것도 안 될 말이다"라고 했다. 의미심장한 반어법적 수사인 셈인데, 서법과 화법에 있어 수파리守/破/離, 즉 법을 지켰다가 법을 깨고 나와 법을 완전히 떠나야 한다는 의미일 것이다.

이 시인은 누구보다 그 의미를 잘 이해하고 있다. 법과 형식에 얽매이지 않은 문기를 그도 심두心頭에 고려하지 않을 수 없었으리라. 화폭에 남는 것은 향기까지는 기대하지 않는다 해도 오직 맑고 밝은 기운氣韻을 지향하고 있음을 다음 시에서도 알 수 있다. "여름날 부용리 / 연못가에서 연꽃을 그렸네 // 한나절 그려도 / 그 향기는 그리지 못했네"(「부용리 연꽃」 전문). 이 짧은 4행시에서 보듯 그가 그리고자 한 것은 연꽃 향기였지 연꽃의 빛깔이나 형상만은 아니었다. 추사나 소전이 난초를 그렸으나 꽃에 향기까지 그려 넣을 수는 없었던 데서 그 여백에 화제 "畵蘭難花香"를 쓰고 탄식했던 것과 다르지 않아 보인다.

필자가 이 시인을 처음 만난 것은 80년대 말인데, 서울 인사동의 어느 독서모임에서였다. 필자가 서울에서 부산으로 이사 갔을 때는 그가 부산을 떠난 지 한참 뒤였다. 부산은 그의 제2고향이나 다름없는데, 그의 20대 청춘과 낭만이 고스란히 남아 있는 곳이다. 그의 정겨운 시벗들과 존경하는 시의 스승들이 남아 있어, 필자도 심심찮게 그의 전설적인 문학자취를 엿들을 수 있었다. 그는 대학 1학년 때부터 문학활동을 시작했으며 3학년 때에 대학문학상을 받고, 4학년 때에 「한국일보」 신춘문예에 당선하여, 이미 시인으로서 장래가 촉망되던 청년이었다. 그 시절 흑백사진을 보면, 그는 훤칠한 키에 올백의 멋진 사나이였다. 이번 시집에서 그 시절을 회고하는 시편을 읽어보면, 그가 좋아한 동해남부선 기찻길과 해

운대, 송정, 일광, 대변항에 이르기까지, 싱그러운 청춘의 흔적들이 시들의 행간에 남아 빛나고 있는 것을 본다.

그의 시가 서사적이기보다 서정적이라는 점은 그의 첫 시집인 『낙동강시집』에서 판명된다. 그의 고향은 낙동강변 마을이었다. 그의 시에서는 전쟁의 소용돌이를 겪은 낙동강의 역사와 가족사까지도 서정의 강물과 달빛에 녹아들어 물비늘처럼 반짝인다. 첫 시집의 자서^{自序}에서 "세월은 흘러, 근년에 다시 낙동강에 가보았다, 나는 강가의 어린 시절에서 한 치도 더 걸어 나온 것 같지 않은데, 뒤돌아보니 그 강은 이미 사라지고 없었다. (중략) 습작기부터 썼다가 중단한 낙동강 시 연작을 이어보기로 한 계기가 되었다."고 술회한다. 공자가 강둑에 서서 탄식^{逝者如斯夫!}한 것처럼 무상한 것은 강의 흐름뿐만 아니다. 이처럼 그의 첫 시집에는 대를 이어 살아온 가족사가 낙동강의 역사와 더불어 고스란히 시로 엮여 있다. 하지만 그의 청춘이 꽃핀 곳은 항구도시 부산이었다. 필자가 부산에 있을 때까지만 해도 갈대숲 길의 을숙도가 그대로 남아 있었는데, 그는 『낙동강시집』에서 "강은 마침내 을숙도에 와서 새가 된다."('을숙도' 중에서)고 읊는다. 철새가 낙동강 을숙도를 떠나듯, 그도 군대를 가고 서울에 취직하여 부산을 떠났다.

그렇지만 그의 시의식 밑바닥에는 언제나 소리 없는 강물이 흐르고 있다. 등단 40년 만에 나온 첫 시집의 낙동강 시들이나, 다시 10여 년이 지나 남한강과 북한강이 만나 한강이 되는 저 두물머리에서 쓴 『수수담담』의 시편들 속에도 이 강물은 여전히 흐르고 있다. 이번 시집의 첫 시「두물머리에서」의 첫 구절은 "남쪽 강가에서 태어나 / 북쪽 강가에서 늙어가고 있는 / 노인 하나 강과 함께 흘러가고 있네"이다. 그의 만년의 일상을 읊고 있는 것이다. 그의 노년의 시에 친구처럼 자주 등장하는 것에는 백로白鷺가 있다. 그의 그림에도 나온다. 백로는 쓸쓸한 시인의 자화상이다. 인생살이가 대부분 그렇듯 늙음에는 고독과 병고가 겹치기 마련이다. 그런 생활 속에서도 참다운 벗들과 풍류를 나눌 수 있다면 더 없는 행운이 아닐 수 없다. 그의 주위에는 수행하는 구도자들과 다양한 분야의 예술가 그리고 정다운 차인茶人들이 많이 있다. 따라서 그의 시 역시 자연스레 선미禪味를 드러내는가 하면, 도가풍의 선미仙味를 머금고 있기도 하다. 그의 시 형식 또한 1행시, 4행시, 8행시 등 자유롭고 매우 다양하다. 우리 시벗들은 그의 첫 시집이 출간되던 무렵에 서종과 두물머리에서 자주 만났고, 다시 10년 가까이 문경에 있는 대야산 기슭의 불한티 산방에서 만남을 이어가고 있다.

　등단한 지 40년 만에 오랜 침묵 끝에 지난 2012년 첫 시집을 출간한 후, 다시 10여년 만에 두 번째 시집의 출간을 보게 되었다. 오랜 외우畏友이자 같은 길을 가는 한 사람으로서 진심으로 축하를 보낸다.

2024. 6. 20.
불한티산방에서

자연을 품고 있는 마음의 깊이

박정진(시인, 인류학박사)

　시인 이달희 형이 십여 년만에 두 번째 시집, 그것도 시화집을 냈다. 오랜 세월 묻어두었던, 묵은 장맛을 느끼게 하는 시편들과 순수한 그림들을 보게 해준다. 시단의 원로로서 미덕과 함께 아직도 수줍음을 듬뿍 느끼게 하는 시편들을 보면서 많은 감회가 스쳐 지나갔다. 그의 절필에 가까웠던 시절의 아픔도 에둘러 느낄 수 있었다.

　십오륙 년 가까이 잦은 친교를 한 나로서는 목차를 보면서도 공감하는 대목들이 적지 않았다. 시집에 처음 실린 시 「두물머리에서」는 내가 양수리와 서종을 방문하면 으레 함께 찾는 곳이기도 하다. 시인은 틈만 나면 삶의 터전인 서종과 양수리 일대 강변 산책을 낙으로 삼고 있는 것을 알고 있다.

　특히 「강 건너 수종사」「백로 한 마리」 등으로 이어지는 작품은

남다른 친밀감으로 다가왔다. 양수리를 내려다보고 있는 산이 운길산이고, 그곳에 유서 깊은 수종사가 있다. 암벽에서 물 떨어지는 소리가 종소리처럼 들려 수종사라는 이름을 얻었다는 고사가 있다. 그곳에서 두물머리를 바라보는 아름다운 경관은 『동문선東文選』의 저자 서거정이 동방제일경이라 했듯이 보기 드문 절경이기도 하다.

시 「눈 내리는 밤」은 그런 풍경 속의 어느 겨울밤에 느낀 시인의 범상치 않은 심상이다. 생략이나 비약으로 혹은 미진한 듯도 보이지만, 도리어 본래존재를 발견한 감격을 표현하고 있는 매우 존재론적 명작이다. 인간은 불빛으로 사물을 본다. 그 불빛은 자신의 안경과 같다. 그런데 불빛을 끄고 나니 어느 날 갑자기 안보였던 정체불명의 흰빛이 들어온다. "저 빛이여, 거기 누가 있는가"그 흰빛 뒤에 누가 있는가. 그리고 '텅 빔'은 이 시인의 심물존재론 시의 백미로 보인다.

어느 해 여름 며칠 동안 폭풍우가 내리치는 날이었던가. 개울 건너 뒷산에서 사정없이 흔들리고 있는 비바람 속 소나무 가지 위에서 조금도 자세를 흩뜨리지 않고 앉아있는 백로를 보고 놀라며 그는 말했다. "자연은 놀라워. 저 백로는 저렇게 요동치는 나뭇가지 위에서도 늘 중심을 잘 잡고 있지 않은가. 그런데 사람은 그게 잘 되지 않아." 그가 훌륭한 자연의 관찰자로서, 또 자연을 사랑하면서 직접 초목을 기르고 텃밭농사를 짓고 사는 일상의 모습들은 농심을 좋아하는 천성에서 비롯된 것이 아닌가 한다.

일찍부터 참선이나 명상공부를 이어온 그는 옛 선비의 품성을 자연스레 지키고 있는 보기 드문 시인이며 언론인, 미술감식가였다. 그의 감식안은 자타가 알아주는 수준이었다. 취미로 그림을 그리기도 하고, 차茶을 좋아하는 차인으로서도 훌륭한 미덕을 갖추었다. 자아차紫芽茶의 맛을 유성에 비유한 「자아차를 마시며」, 흰 연꽃차를 유리광 세계의 빛에 비유한 「빛차」는 그가 차를 애호하는 경지가 불교와 맞닿아 있음을 엿보게도 한다. 「먼 개울가」는 '초암차'의 경지를 선하게 느끼게 하는 시편이다. 그는 친지들이 서종을 방문할 때면 반드시 찻집으로 우리를 안내했다. 찻집에 들리는 것은 우리의 마지막 코스였다. 우리는 매월당 김시습을 좋아하는 초암차인들이기도 하다.

이번에 시와 함께 곁들인 그림들은 또 다른 현대적 문인화의 면모를 보여준다. 문인화는 본래 본격적인 회화라기보다는 인문적 품격을 가진 선비가 마음을 드러내는 소박한 회화이다. 그의 스케치풍의 그림들은 소박함 그 자체이지만, 그림이 시이고 시가 그림이라는 옛말이 떠오르는 그림들이다.

한 번은 바이칼 호수를 다녀온 그가 순록예찬론을 쏟아낸 적이 있었다. 순록을 가까이서 만난 후 그 모습에서 어떤 고귀함과 신성함을 느낀 모양이었다. 한국문화의 원류, 바이칼 지역, 그리고 시베리아⋯ 우리는 금관이 순록의 이미지를 따온 것이라는데 동의하면서 그의 예찬을 여러 차례 들었다. "순록의 뿔은 뿔이 아니다./무기는 더욱 아니다./순록의 뿔은 공격을 모르는/사랑의 화관花冠같은 것."이 순록의 뿔임을 알려주었다.

그의 개인사와 가족의 정한을 표출한 시도 보인다. 「아내의 발자국」과 「부부」는 가족의 애환과 아픔과 회한을 그린 작품이다. "뒤돌아보지 않고 앞서 걸었던 내가/이제는 그녀의 뒤를 따라간다." 가부장사회에 길들여진 한국 남자면 누구나 공감하는 바가 아니겠는가.

오랜만에 진솔한 시정과 엄격한 절제미를 갖춘 그의 시를 접하면서, 잠시 우리 시의 전범을 다시 보는 즐거움에 빠져들기도 했다. 시편들 사이에서는 여러 내면적 아픔의 단층들을 훔쳐보는 개인적 소회도 있었지만, 그 탁월한 솜씨에 '노병은 죽지 않았다'는 구절이 떠올랐다. 그의 시를 보면서 왜 사람은 시를 쓸까, 왜 시를 쓰지 않고는 못 배기는 것일까를 생각해보게 된다. 시는 종교나 철학처럼 요란하지는 않지만 일상의 언어를 사용하면서도 초월적인 경지로 잠시나마 승화시키는 인생의 구원자가 아닐까 한다.

시집의 끝부분은 마치 그의 인생을 정리하는 듯한 시로 채워져 있었다. 「내가 있으므로」는 그의 깨달음의 경지를 공감하게 된다. 아마도 이 시는 그의 가장 최근의 한 소식을 전하는 시편일 것이다. 구절 중에 "안팎이 함께 있네"는 그러한 소식의 훌륭한 증거이다. 「동백섬」은 그의 고향을 전하는 무의식과도 같은 시이다. 본래 의식과 무의식은 하나인지 모른다. 나이가 들면 들수록 어릴 때, 청소년기의 기억들이 잘 떠오른다고 한다. 우리는 그런 나이에 이르렀다. 「소리의 빛」은 우리 불한티 친구들 사이에 소리철학자로 통하는 필자와 특별히 관계가 깊은, 공감의 시이다. 우리는 수년간 소리와 빛에 대해서 많은 이야기를 주고받았다. 시인의 정의는 수없이 많지만 "소리에서 빛을 느끼는 족속"이 아닐까.

그의 시의 백미일까, 절창이랄까 할 수 있는 작품은 「기도」라고 여겨진다. 「기도」는 나를 숨 막히게 하는 시이다. 어딘가에 감춰진 그의 상처와 그것을 스스로 어루만지는 시인의 마음과 그의 삶을 지탱하는 은밀한 야생^{野生}의 처소 같은 느낌을 받았다. 우리가 일상에서 매일 쏟아내는 말들이 죄다 은유인지도 모른다. 니체의 말대로 말 자체가 은유일지도 모른다. 에둘러 마음을 표현하는 선수들인 시인들은 분명 자연의 관찰자이고, 그곳으로부터 은유와 유비를 끌어내면서 스스로를 드러낸다.

현대인은 자연을 야만이라고 규정하는 오만과 함께 자연의 야생을 잃어버렸다. 야생은 생존경쟁을 하지만 결코 끝없는 욕망을 부리지 않고 스스로 절제하는 가운데 많은 것을 남을 위해 내어주면서 자기 포지션을 정하는 미덕이 있다. 시편 전체를 일관하는 마음은 결국 자연을 흠모하는 마음이라고 할 수 있다. 내 경험으로 볼 때, 산문을 쓰면 주장과 시비를 하는 경우가 많아 마음이 불편하지만, 운문은 하소연하거나 깨달음과 기쁨에 젖는 탓으로 스스로 위로가 된다. 스스로 위로하고 달래고 견뎌낸 그 세월의 무게와 깊이를 이 시집에서 고스란히 느낄 수 있었다.

모든 시에는 그 시를 시답게 만드는 핵심시어와 구절이 있듯이 시편들이 한결같이 '옥광형 다운 시'들로 채워져 있어서 좋았다. 그에게 한마디 위로의 말을 던지자면, 험난한 시대를 살면서 시를 권력이나 명예의 도구로 사용하지 않은 그 행운에 감사하는 마음을 가졌으면 하는 바람이다. 인생은 슬프면서도 기쁜 것을 어찌 하랴. 시집의 제목이 『수수담담』인 것도 마음에 든다. 수수한 삶, 담답한 마음! 두고, 두고 틈나면 이 시집을 읽으리라.

2024년 7월 7일 새벽

그림 및 사진 목록

p12– p13. 운길산을 바라보며 _종이에 색연필, 16×42cm

p17. 아침 이슬 _종이에 수채, 25×35cm

p19. 백로 한 마리 _사진(2022)

p21. 에밀레종 _종이에 수채, 23×29cm

p23. 눈오는 밤 _종이에 연필, 25×35cm

p27. 동행 _사진(2021)

p29. 기러기 _사진 (박성실 촬영, 2021)

p31. 물의 신전 _사진(2016)

p35. 해 질 무렵 _사진(2023)

p37. 갈대문자 _사진(2022)

p39. 잔설의 여운 _사진 (이종수 도록, 2013)

p41. 무지개 _사진(2023)

p43. 저녁바다 _종이에 오일파스텔, 26×36cm

p47. 음악 _종이에 색연필, 26×36cm

p51. 벚나무 _사진(2021)

p53. 물총새 _종이에 붓과 색연필, 23×30cm

p55. 백련꽃 _종이에 수채, 23×30cm

p57. 삼태극 _종이에 색연필, 21×35cm

p59. 차크라 _한지에 색종이, 21×35cm

p61. 백로 _종이에 먹, 15×20cm

p67. 제비 _종이에 수채, 32×42cm

p68. 부용리 연꽃 _종이에 수채, 19×25cm

p71. 갈대밭 _종이에 수채, 32×42cm

p75. 백일홍 _종이에 수채, 23×30cm

p79. 부레옥잠 _종이에 수채, 15×20cm

p83. 동해바다 _종이에 수채, 26×36cm

p85. 반달 _종이에 오일 파스텔, 32×42cm

p88. 남해바다 _종이에 오일 파스텔, 21×30cm

p91. 부산항 _종이에 아크릴, 26×36cm

p93. 마을 풍경 _사진(2023)

p95. 오륙도 _사진(2023)

p101. 들국화 _종이에 수채, 26×36cm

p105. 가을언덕 _사진(2018)

p107. 아내의 시_종이에 수채, 26×36cm

p109. 밤송이 _종이에 수채, 26×36cm

p115. 감 _종이에 색연필, 23×30cm

p117. 산새둥지 _사진(2022)

p119. 푸른 호박 _종이에 수채, 23×30cm

p121. 기도 _종이에 수채, 23×30cm

수수담담 – 이달희 시화집

펴낸날	초판 1쇄 2024년 9월 5일

지은이	이달희
펴낸이	심만수
펴낸곳	(주)살림출판사
출판등록	1989년 11월 1일 제9-210호

주소	경기도 파주시 광인사길 30
전화	031-955-1350 팩스 031-624-1356
홈페이지	http://www.sallimbooks.com
이메일	book@sallimbooks.com

ISBN	978-89-522-4934-0 03800